JURASSIC WORLD™

L'ÎLE OÙ LES DINOSAURES REVIENNENT À LA VIE

Caroline Rowlands

EDITIONS PRISMA

Comment utiliser ce livre ?

Découvrez un monde extraordinaire en réalité augmentée

Ce livre et son application gratuite utilisent la technologie de réalité augmentée la plus avancée, qui reconstitue un univers à la fois réel et virtuel. Sur votre smartphone ou votre tablette, les dinosaures de Jurassic World prendront vie grâce aux animations interactives.

Waouh ! Que me faut-il ?

Pour activer les animations en réalité augmentée, vous avez seulement besoin de ce livre, de l'application et d'un appareil présentant les spécifications techniques ci-dessous.

Configurations du système

L'application fonctionne avec :

- les appareils Apple sous iOS version 6.0 et suivantes : y compris l'iPhone 4S et suivants, l'iPad 2 et suivants, l'iPod Touch V et suivants ;
- les appareils Android à 2 caméras sous Android 4.0 et suivantes, avec un processeur ARMv7 ;
- une connexion wi-fi pour activer le mode deux joueurs.

C'est facile ! Voici ce qu'il faut faire...

1

Téléchargez l'application gratuite **iCarltonAR** « Where Dinosaurs Come To Life » sur www.apple.com/itunes ou www.android.com.apps. Ouvrez l'appli et allez à l'accueil.

2

Cliquez sur Jurassic World pour activer la réalité augmentée et découvrez 5 dinosaures. Vous pouvez choisir 3 modes : un joueur, deux joueurs et taille réelle.

3

Ce livre contient 5 pages en réalité augmentée. Sélectionnez un mode puis placez votre appareil au-dessus des pages concernées : regardez s'animer d'incroyables dinosaures !

4

Photographiez vos dinosaures en train d'explorer votre maison ou de se dresser au-dessus de vos amis. Le bouton photos vous permet de faire des sauvegardes pour les partager plus tard.

Un joueur

Lâchez un dinosaure de Jurassic World dans votre maison en visionnant sur votre appareil les 5 pages en réalité augmentée du livre !

Étape 1 – Sélectionnez le mode « un joueur », cliquez sur **Démarrer** et votre caméra s'activera automatiquement. Visionnez une des pages en réalité augmentée pour faire apparaître le dinosaure.

Étape 2 – Utilisez le **joystick** pour faire bouger votre dinosaure, l'entendre rugir et le photographier grâce au bouton photos.

Quand vous maîtriserez les commandes, essayez de faire marcher votre dinosaure sur la page, de plus en plus loin. Testez différents angles ou approchez votre appareil pour distinguer un détail stupéfiant.

Deux joueurs

Jouez avec un ami qui a téléchargé l'appli sur un autre appareil, pour libérer deux dinosaures et les animer simultanément !

Étape 1 – Les deux joueurs doivent activer l'application en mode « deux joueurs ». Le premier joueur clique sur **Démarrer** , visionne les pages 4-5 pour activer la réalité augmentée et sélectionne son dinosaure.

Étape 2 – Le second joueur clique ensuite sur **Démarrer** , visionne ces pages dans le MÊME LIVRE et sélectionne son dinosaure.

Étape 3 – Les deux joueurs verront DEUX dinosaures sur l'écran, mais ne pourront contrôler que le dinosaure qu'ils ont sélectionné.

Partez ensemble en exploration ou prenez des directions différentes et essayez de retrouver l'autre !

Taille réelle

Vous vous demandez quelle était la taille des dinosaures ? Grâce au mode « taille réelle », faites apparaître un dinosaure de Jurassic World en grandeur nature !

Étape 1 – Sélectionnez le mode « taille réelle ». C'est mieux si vous pouvez le faire dehors ou dans une très grande pièce !

Étape 2 – Posez le livre par terre et faites apparaître le dinosaure de la même façon qu'en mode « un joueur », en utilisant une des pages en réalité augmentée. Reculez puis zoomez l'image sur l'écran pour agrandir le dinosaure jusqu'à sa vraie taille !

Ce dinosaure grandeur réelle ne peut pas marcher mais vous pouvez tourner autour de lui ! Observez-le sous différents angles, puis demandez à vos amis de se mettre près de lui pour faire une incroyable photo.

Besoin d'aide ? Contactez-nous sur le site **www.editions-prisma.com**

Isla Nublar

Jurassic World, le premier parc à thème sur les dinosaures totalement opérationnel, est enfin ouvert aux visiteurs et n'attend plus qu'à être exploré.

LE TERRITOIRE DES DINOS

Imaginez l'aventure la plus incroyable au monde sur une île exotique foisonnante de vie préhistorique. Le rêve de voir des dinosaures devient réalité pour tous les visiteurs de Jurassic World. Les vacances sur Isla Nublar sont une expérience unique. Les visiteurs entrent en interaction avec toutes sortes de dinosaures, des géants pacifiques aux féroces chasseurs, et découvrent tout sur les créatures préhistoriques.

L'ACCÈS

Tous les visiteurs arrivent sur l'île par ferry et ont un premier aperçu de cet incroyable complexe depuis la mer. Le bateau accoste à Isla Nublar ; de là, un court transfert en monorail à grande vitesse permet de se rendre dans l'hôtel de son choix. Les visiteurs peuvent alors accéder facilement à la rue principale de la station et aux commerces, restaurants et attractions proposés par le parc.

ORGANISEZ VOTRE SÉJOUR

Même les plus grands fans de dinosaures voudront passer du temps en dehors des attractions les plus populaires pour découvrir les équipements d'Isla Nublar. Profitez d'un terrain de golf exceptionnel, du jardin botanique et du parc aquatique sauvage. À la fin de votre journée, vous pourrez regagner l'un des luxueux hôtels pour vous relaxer.

LE SAVIEZ-VOUS ?

Les dinosaures sont apparus il y a 230 millions d'années et ont dominé la planète durant 160 millions d'années.

NE RATEZ PAS...

À coup de sensations fortes et de créatures sauvages... Jurassic World va vous faire battre le cœur. Entre les super-attractions comme le royaume des *T. rex*, la vallée des gyrosphères, le mini-zoo des gentils géants et la parade des mosasaures, il y en a pour tous les âges ! Consultez le plan pour découvrir tout ce qui est à la disposition des visiteurs. Et pour un séjour sans danger, respectez les règles de sécurité !

PLAN DU PARC

- TERRITOIRE DES TRICÉRATOPS
- VALLÉE DES GYROSPHÈRES
- ROYAUME DES *T. REX*
- TERRAIN DE GOLF
- PARADE DES MOSASAURES
- JARDIN BOTANIQUE
- VALLÉE DES GALLIMIMUS
- TÉLÉPHÉRIQUE
- CROISIÈRE DU CRÉTACÉ
- DÉPART DU FERRY
- VOLIÈRE
- COMPLEXE HÔTELIER
- FORÊT DE BAMBOUS
- MINI-ZOO DES GENTILS GÉANTS

Jurassic World

Jurassic World propose toutes sortes d'attractions, depuis la parade des mosasaures, l'observatoire sous-marin ou le royaume des *T. rex* jusqu'au mini-zoo des gentils géants.

LE CENTRE DU PARC

Tous les endroits clés de votre séjour se trouvent autour du magnifique lagon. Relaxez-vous dans un des luxueux hôtels, baladez-vous sur les berges du lagon et sautez dans le monorail pour circuler sur l'île.

DE TERRIFIANTS NAGEURS

Jurassic World vous permet de découvrir des reptiles sous-marins, tels les mosasaures, qui peuplaient autrefois les mers et les océans. Ces effrayants reptiles marins se nourrissaient de poissons, de plantes, et se mangeaient même entre eux.

LE SAVIEZ-VOUS ?

Les mosasaures donnaient probablement naissance à leurs petits en milieu marin.

DES CRÉATURES SOUS-MARINES

Il y a des millions d'années, alors que les dinosaures régnaient sur terre, les océans étaient remplis d'incroyables reptiles. Jurassic World a ramené ces monstres des profondeurs à la vie.

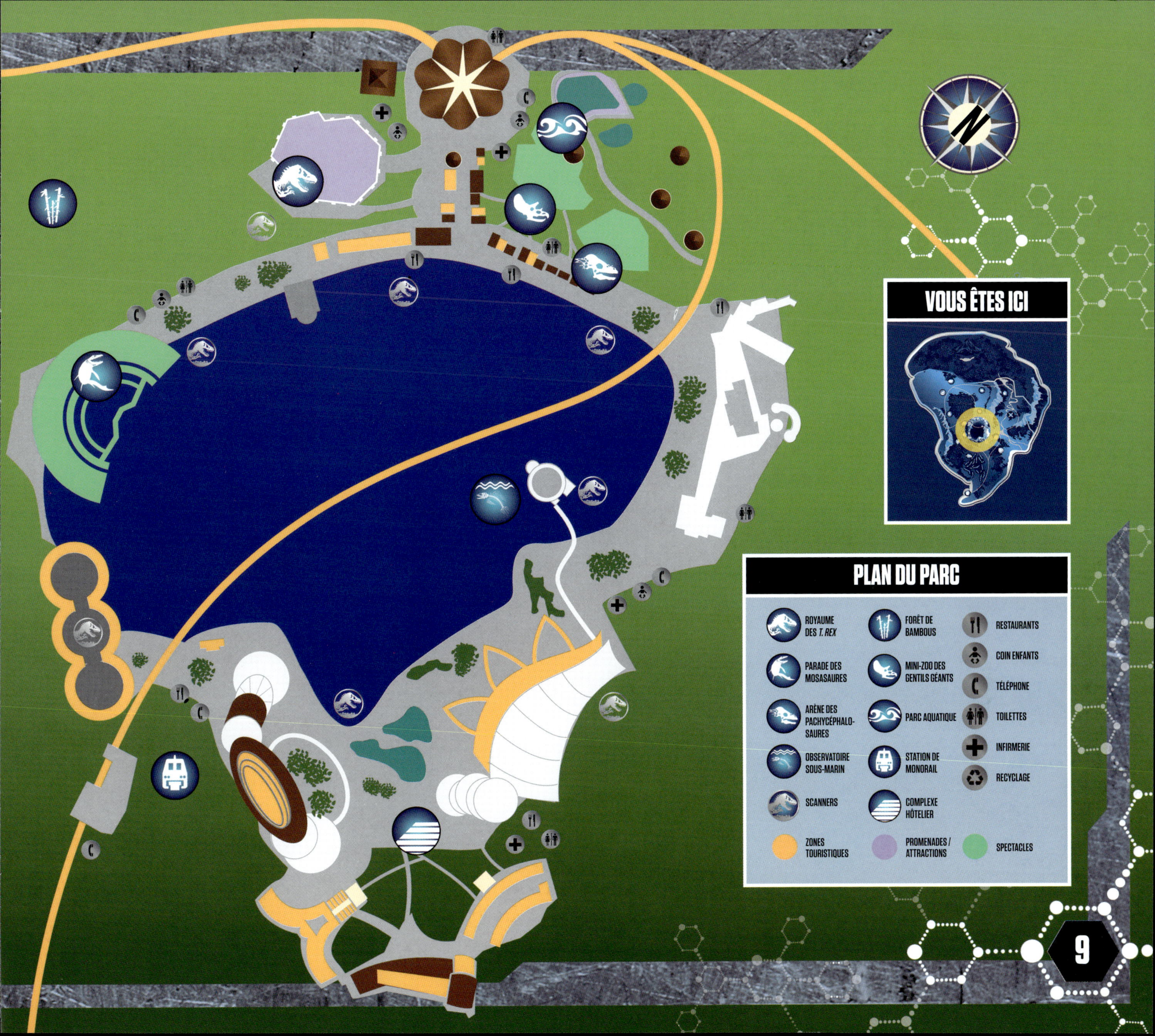
VOUS ÊTES ICI
PLAN DU PARC
ROYAUME DES *T. REX*
FORÊT DE BAMBOUS
RESTAURANTS
PARADE DES MOSASAURES
MINI-ZOO DES GENTILS GÉANTS
COIN ENFANTS
TÉLÉPHONE
ARÈNE DES PACHYCÉPHALO-SAURES
PARC AQUATIQUE
TOILETTES
INFIRMERIE
OBSERVATOIRE SOUS-MARIN
STATION DE MONORAIL
RECYCLAGE
SCANNERS
COMPLEXE HÔTELIER
ZONES TOURISTIQUES
PROMENADES / ATTRACTIONS
SPECTACLES

La vallée des dinosaures

Entrez dans l'intimité de votre dinosaure préféré grâce à une gyrosphère, un véhicule sphérique qui vous permet de vous déplacer en profitant de cet environnement naturel exceptionnel et des animaux qui l'habitent.

FLÂNEZ LIBREMENT

Chair de poule garantie ! Le premier contact avec ces merveilleux animaux préhistoriques, à l'abri d'une gyrosphère, est de ceux qu'on n'oublie jamais. La vallée des gyrosphères permet aux visiteurs d'observer les dinosaures en train de manger, dormir et évoluer dans leur habitat naturel. Pour la toute première fois, des dinosaures herbivores du jurassique et du crétacé se côtoient dans ce cadre majestueux.

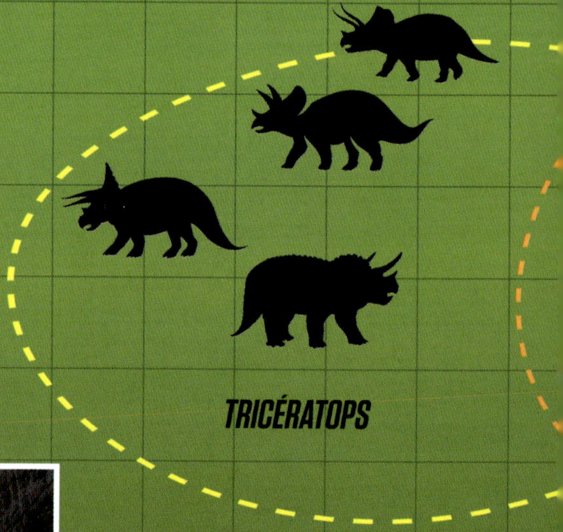

TRICÉRATOPS

VOUS ÊTES ICI

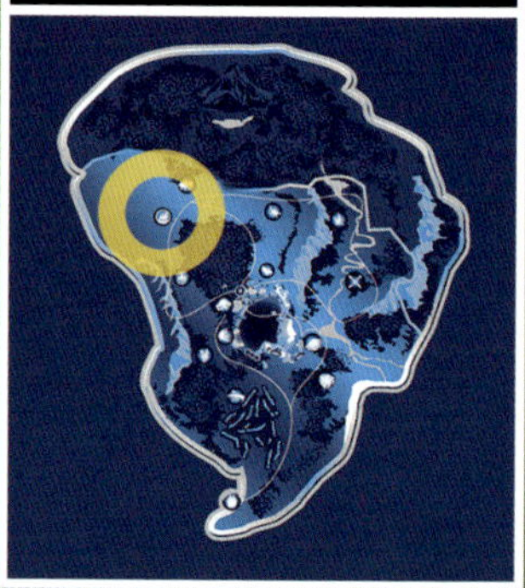

À LA DÉCOUVERTE DES DINOS

Cette incroyable attraction offre des sensations fortes. En progressant dans la vallée, vous pouvez utiliser l'écran intégré pour identifier les dinosaures que vous rencontrez, de l'apatosaure au stégosaure, en passant par le *Parasaurolophus* et le tricératops.

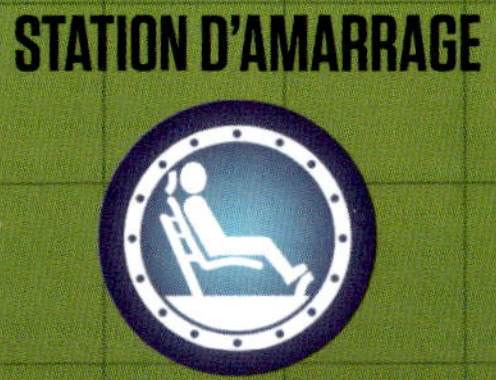

À FAIRE !
Restez bien assis dans votre gyrosphère, avec votre ceinture de sécurité attachée.

À NE PAS FAIRE !
Ne conduisez pas votre gyrosphère dans une zone à accès limité.

Superscience

Des dinosaures disparus il y a des millions d'années vagabondent, nagent et volent partout dans les étonnantes attractions de cette île incroyable.

ADN DE DINO

La technologie et la science interagissent dans le labo de la création de Jurassic World. Une goutte de sang contient des milliards de gènes – un modèle pour la construction d'une entité vivante. Il y a des millions d'années, les moustiques existaient déjà. Certains, après avoir piqué un dinosaure, se sont retrouvés englués dans de la sève d'arbre qui s'est parfois fossilisée, avec un moustique à l'intérieur ! Les chercheurs de Jurassic World ont extrait le sang et s'en sont servi pour recréer l'ADN du dinosaure.

DES FAISEURS DE MIRACLE

Des séquenceurs de gènes décomposent ces brins d'ADN et complètent les trous de leur code par les gènes d'autres animaux comme des grenouilles. Les gènes sont modifiés et recollés au labo pour ressusciter les dinosaures et créer des races fantastiques et dangereuses.

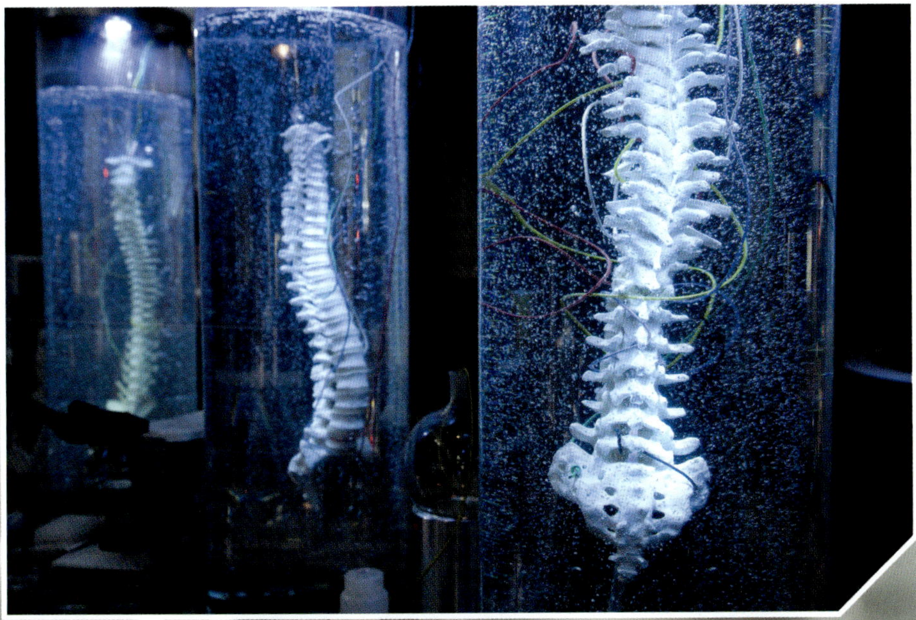

CRÉATIONS À PARTIR DE L'ADN

Chaque créature vivante d'Isla Nublar, des violents raptors et ptéranodons prédateurs aux majestueux mosasaures et terrifiants *T. rex*, est née d'un modèle ADN. Les brillants cerveaux du labo de la création ont travaillé pour donner vie à ces modèles et réveiller les dinosaures 65 millions d'années après leur extinction.

TRANSFORMER LA NATURE

Ces créations audacieuses sont la plus grande réussite de Jurassic World. Mais le danger d'une perte de contrôle du séquençage ADN existe toujours.

Le royaume des *T. rex*

Le royaume des *T. rex*, l'attraction phare de Jurassic World, est le top pour les amateurs de frissons et les fans du plus célèbre des dinosaures.

LE ROI DINO

Ceux qui sont assez courageux pour visiter le royaume des *T. rex* se retrouvent nez à nez avec une légende. Ils doivent rester vigilants, car avec ses dents et ses mâchoires d'acier, le *T. rex* est l'un des prédateurs les plus dangereux de tous les temps. Il mérite bien son nom de roi des « lézards tyrans ».

ÉTONNANTS FOSSILES

Le premier fossile de *T. rex* a été découvert par Barnum Brown en 1902. Une trentaine ont été retrouvés, surtout aux États-Unis. Les visiteurs apprennent beaucoup sur cet animal à Isla Nublar, comme le fait que le squelette d'un *T. rex* est composé d'environ 200 os – comme le squelette humain.

LE SAVIEZ-VOUS ?

L'énorme mâchoire d'un *T. rex* compte 50 à 60 dents.

TYRANNOSAURUS REX

Se prononce : Ti-ra-no-so-rus-rex

- **ÉPOQUE :** crétacé, il y a 68 à 66 millions d'années, en Amérique du Nord et maintenant à Jurassic World
- **TAILLE :** 13,4 mètres de long
- **ALIMENTATION :** carnivore
- **VITESSE :** jusqu'à 29 km/h

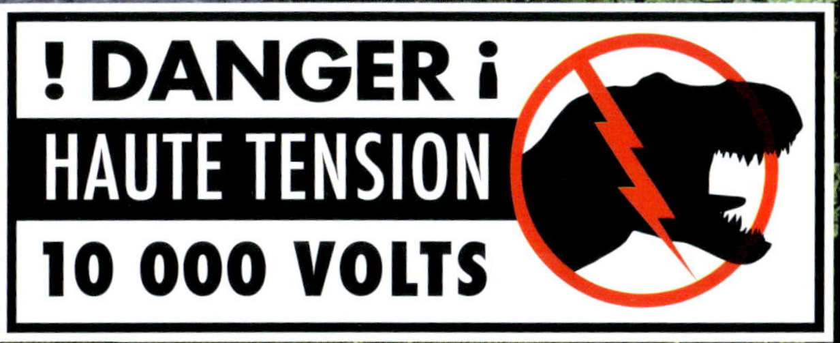

BELLE BOUCHÉE

Le *T. rex* est un carnivore féroce. Ce puissant prédateur peut manger jusqu'à 230 kg de viande en une bouchée. Ses pattes avant sont trop courtes pour porter la nourriture à sa gueule mais les griffes acérées qui les terminent peuvent la découper et la déchiqueter.

PAGE EN RÉALITÉ AUGMENTÉE

Libérez le terrifiant *Tyrannosaurus rex* grâce à votre smartphone ou votre tablette en ouvrant l'application et en consultant ces pages.

L'heure du repas

L'étonnante parade des mosasaures à la lagune de Jurassic World est une expérience que les visiteurs de cette île incroyable n'oublieront jamais.

MOSASAURUS

Se prononce : Mo-sa-so-rus

- **ÉPOQUE :** crétacé, il y a 70 à 66 millions d'années et à Jurassic World
- **TAILLE :** 22 mètres de long
- **ALIMENTATION :** poissons, requins, oiseaux et autres animaux marins

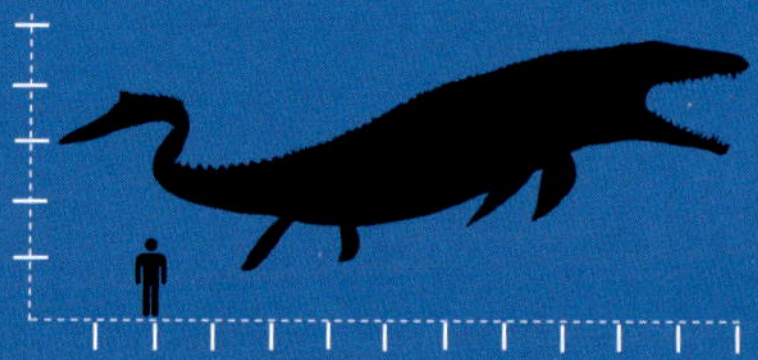

UN GÉANT SOUS-MARIN

L'impressionnant *Mosasaurus* est un géant, membre de la famille des reptiles marins appelés mosasaures. On les reconnaît à leur grosse tête, leur mâchoire puissante, leur corps fuselé et leurs nageoires.

DU GROS POISSON

La foule acclame ce monstre des profondeurs quand il bondit hors de l'eau pour dévorer un grand requin blanc comme s'il s'agissait d'un casse-croûte. Au crétacé, les mosasaures, avec leurs larges mâchoires et leurs dents acérées étaient les plus grands prédateurs marins. Leur mâchoire articulée leur permettait d'avaler une proie plus grosse que leur tête.

JURASSIC WORLD
ISLA NUBLAR
Lagoon
PARADIS DES MOSASAURES

LA PROCHAINE GÉNÉRATION

Les paléontologues ont longtemps pensé que les mosasaures allaient sur le rivage pour y pondre des œufs. Depuis la découverte d'un squelette de mosasaure avec deux petits dans son ventre, ils pensent maintenant qu'ils mettaient bas dans l'eau.

LE SAVIEZ-VOUS ?

Bien qu'il vive sous l'eau, le mosasaure doit remonter à la surface pour respirer.

UN PUISSANT PRÉDATEUR

Le mosasaure de Jurassic World est un excellent nageur. Il se déplace dans l'eau à la façon d'un serpent, utilisant sa longue queue pour se propulser à la recherche de nourriture. Une fois happé par ses énormes mâchoires, il n'y a plus moyen de fuir.

De piquants herbivores

Une fois dans la vallée des gyrosphères, un des dinosaures les plus faciles à repérer est sans aucun doute la vedette la plus piquante du spectacle : le stégosaure.

UNE BONNE DÉFENSE

Le stégosaure se distingue toujours parmi les dinosaures grâce aux impressionnantes plaques qui couvrent son dos et sa queue. Les experts pensent qu'elles l'aidaient à contrôler sa température. Sur Isla Nublar, les stégosaures vagabondent en sécurité parmi les autres dinosaures herbivores sans crainte d'être attaqués.

STÉGOSAURE

Se prononce : Sté-go-so-re

- **ÉPOQUE :** jurassique, il y a 155 à 145 millions d'années, aux États-Unis, en Europe et sans doute en Chine, et à Jurassic World
- **TAILLE :** 10 mètres de long
- **ALIMENTATION :** plantes
- **VITESSE :** jusqu'à 7 km/h

LE SUPER SURVIVANT

Sur Isla Nublar, le stégosaure vit dans la vallée des gyrosphères, mais des fossiles trouvés aux États-Unis, en Afrique, Europe, Inde et Chine montrent que cette espèce s'est répandue à travers le monde et a survécu sous des climats variés. Le premier fossile de stégosaure a été découvert par Othniel Marsh vers 1877. *Stegosaurus* signifie « reptile à toit ».

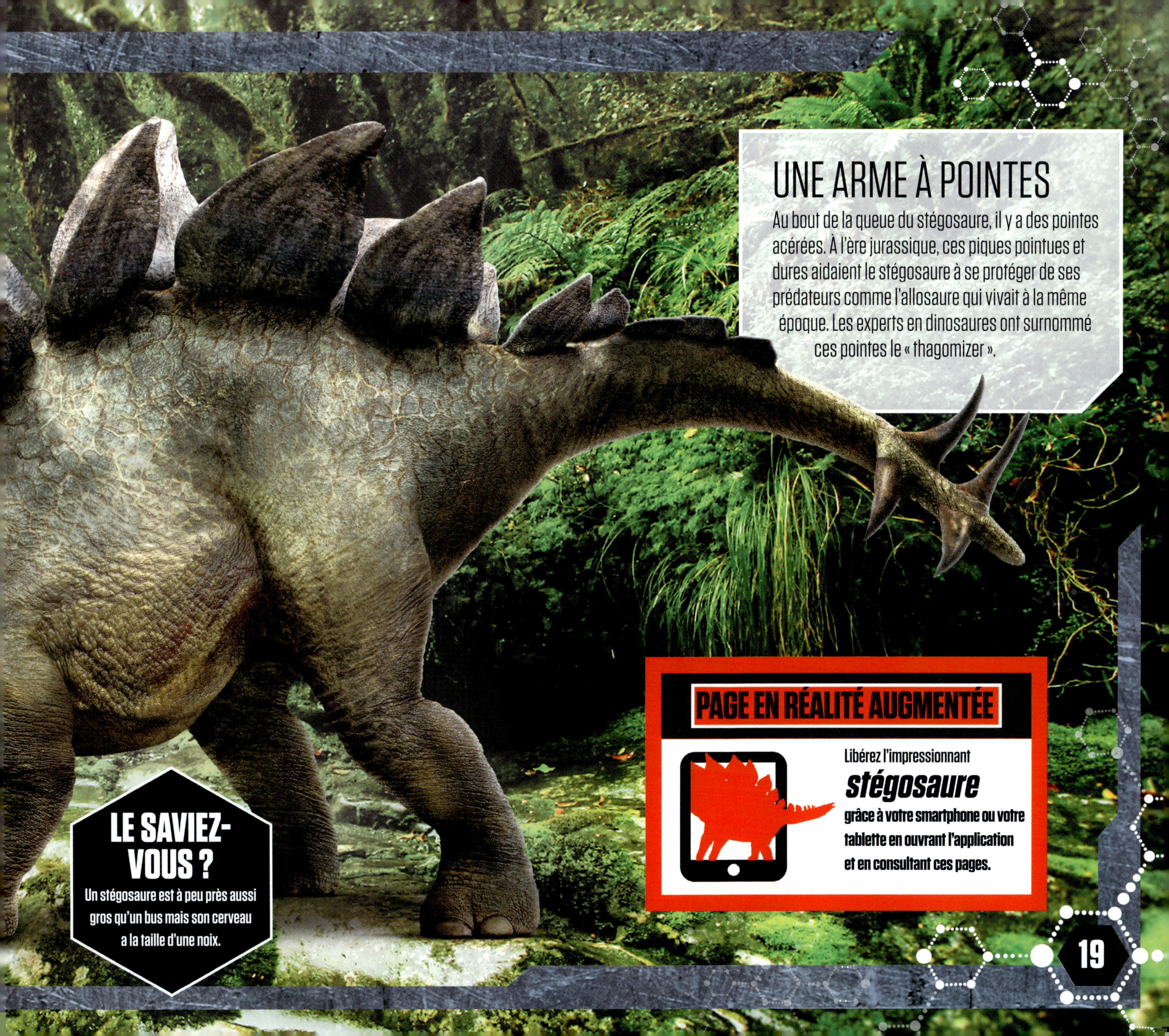

UNE ARME À POINTES

Au bout de la queue du stégosaure, il y a des pointes acérées. À l'ère jurassique, ces piques pointues et dures aidaient le stégosaure à se protéger de ses prédateurs comme l'allosaure qui vivait à la même époque. Les experts en dinosaures ont surnommé ces pointes le « thagomizer ».

PAGE EN RÉALITÉ AUGMENTÉE

Libérez l'impressionnant
stégosaure
grâce à votre smartphone ou votre tablette en ouvrant l'application et en consultant ces pages.

LE SAVIEZ-VOUS ?

Un stégosaure est à peu près aussi gros qu'un bus mais son cerveau a la taille d'une noix.

De gentils géants

L'apatosaure est un des plus grands dinosaures de tous les temps. Une foule de visiteurs vient découvrir cet immense herbivore dans la vallée des gyrosphères et apprécie le spectacle étonnant de ce sauropode géant en action.

UNE QUEUE TERRIFIANTE

À l'ère jurassique, le plus grand ennemi de l'apatosaure était l'allosaure, le plus dangereux carnivore de cette période. Mais haut de seulement 5 mètres, l'allosaure n'était pas du gabarit d'un apatosaure ou de sa longue et forte queue qu'il utilisait tel un fouet pour se défendre.

UN GROS MANGEUR !

Ce dinosaure avait un énorme appétit et passait la plus grande partie de son temps à manger. Son long cou lui permettait d'atteindre les feuilles de la cime des arbres mais il ne mastiquait pas sa nourriture. À la place, il avalait des pierres (gastrolithes) qui broyaient les feuilles dans son estomac.

LE SOL TREMBLE

Les visiteurs de la vallée des gyrosphères, et les autres dinosaures qui y vivent, peuvent sentir le sol bouger quand ils s'approchent de la foulée de cet énorme dinosaure. Ses énormes pattes font trembler la terre lorsqu'il parcourt la vallée à la recherche de nourriture.

APATOSAURE

Se prononce : A-pa-to-so-re

- **ÉPOQUE :** jurassique, il y a 154 à 145 millions d'années, aujourd'hui, aux États-Unis, à Jurassic World
- **TAILLE :** 27,5 mètres de long
- **ALIMENTATION :** plantes
- **VITESSE :** jusqu'à 8 km/h

LE SAVIEZ-VOUS ?

Les naseaux de l'apatosaure sont situés au sommet de son crâne et non au bout de son nez.

Sur la défense

Dinosaure préféré des visiteurs de l'île et célèbre dans le monde entier, le tricératops tient son nom de sa tête surmontée de trois cornes.

UNE TÊTE UTILE

Une collerette osseuse autour de sa tête protège le tricératops des morsures des prédateurs. Elle peut aussi servir à le rafraîchir en l'isolant de la chaleur. Sa petite bouche en forme de bec coupe les fougères et autres plantes au ras du sol. Il broie ensuite la nourriture avec ses dents tranchantes.

UNE PROIE IDÉALE

Au crétacé, son corps lourd et ses courtes pattes ralentissaient le tricératops qui devenait la proie du *T. rex* vivant à la même époque. Aujourd'hui, le tricératops peut vagabonder librement et en sécurité à Jurassic World.

TRICÉRATOPS

Se prononce : Tri-cé-ra-tops

- **ÉPOQUE :** crétacé, il y a 68 à 66 millions d'années et à Jurassic World
- **TAILLE :** 9 mètres de long
- **ALIMENTATION :** plantes
- **VITESSE :** jusqu'à 20 km/h

DES MINIDINOS

Les visiteurs peuvent caresser un bébé tricératops, et même grimper sur son dos au mini-zoo des gentils géants. On trouve souvent réunis des fossiles de tricératops datant de la préhistoire, ce qui suggère qu'il y a des millions d'années, ils vivaient en troupeaux, les adultes protégeant leurs petits.

BéBé TRICERATOPS
JURASSIC WORLD
-MINI-ZOO-

PAGE EN RÉALITÉ AUGMENTÉE

Libérez l'étonnant
tricératops
grâce à votre smartphone ou votre tablette en ouvrant l'application et en consultant ces pages.

LE SAVIEZ-VOUS ?

Le premier crâne de tricératops a été trouvé en 1888 par John Hatcher, aux États-Unis.

Des chasseurs vifs

Les visiteurs d'Isla Nublar sont récompensés par l'observation extraordinaire des gallimimus ultrarapides.

DES DÉTERREURS DE DINOS

Jurassic World a ressuscité ce dinosaure et invite les visiteurs à découvrir ses habitudes alimentaires dans son environnement au cours du safari des gallimimus. Ses longs doigts et ses griffes aident le gallimimus à creuser et voler des œufs. En tant qu'omnivore, il dévore toutes sortes de nourriture, mais son bec est dépourvu de dents.

LE SAVIEZ-VOUS ?

Le nom *Gallimimus* signifie « qui imite la poule » car il se déplace comme un oiseau incapable de voler.

GALLIMIMUS

Se prononce : Ga-li-mi-mus

- **ÉPOQUE :** crétacé, il y a 74 à 70 millions d'années, en Mongolie et aujourd'hui à Jurassic World
- **TAILLE :** 4,5 mètres de long
- **ALIMENTATION :** plantes, œufs et lézards
- **VITESSE :** jusqu'à 40 km/h

4 FAITS AMUSANTS

1. Comparé aux autres dinosaures de sa taille, le gallimimus a un cerveau plutôt gros pour son petit crâne.
2. Un gallimimus a des os creux, un peu comme ceux des oiseaux.
3. Il est bâti pour la course, avec ses longs tibias et ses orteils courts.
4. De nombreux fossiles de gallimimus ont été trouvés en Mongolie.

Une terrifiante équipe

Ces prédateurs sont intelligents, très rapides, et communiquent entre eux, ce qui fait d'eux la meute de chasseurs la plus redoutable du monde.

DES ARMES MORTELLES

Les raptors sont parmi les prédateurs les plus brutaux et efficaces créés dans le labo de la création et vivant sur Isla Nublar. Ils compensent leur petite taille par de longues griffes acérées qui, aux temps préhistoriques, leur servaient à dépecer leurs proies.

VÉLOCIRAPTOR

Se prononce : Vé-lo-ci-rap-tor

- **ÉPOQUE :** crétacé, il y a 75 à 71 millions d'années, en Mongolie et en Chine, et aujourd'hui à Jurassic World
- **TAILLE :** 3,9 mètres de long (et 1,7 mètre de haut)
- **ALIMENTATION :** viande
- **VITESSE :** jusqu'à 39 km/h

CHASSE EN MEUTE

Aux temps préhistoriques, les herbivores se regroupaient pour se protéger, tandis que des prédateurs tels les vélociraptors conjuguaient leurs forces pour chasser en meute et attaquer de grands dinosaures.

! DANGER ¡
HAUTE TENSION
10 000 VOLTS

UN COMBAT À MORT

Un des fossiles de dinosaures les plus célèbres jamais découvert est appelé « dinosaures de combat » et a été exhumé en Mongolie. Il s'agit des restes fossilisés d'un protocératops et d'un vélociraptor morts en se battant.

PAGE EN RÉALITÉ AUGMENTÉE

Libérez la féroce meute de **vélociraptors** grâce à votre smartphone ou votre tablette en ouvrant l'application et en consultant ces pages.

Vol à haute altitude

Sur Isla Nublar, des créatures extraordinaires tels les ptérosaures chasseurs volent haut dans le ciel.

DIMORPHODON

Se prononce : Di-mor-fo-don

- **ÉPOQUE : jurassique, il y a 200 à 195 millions d'années, au Royaume-Uni et aujourd'hui à Jurassic World**
- **TAILLE : environ 1,4 mètre de large**
- **ALIMENTATION : poissons**

LA VOLIÈRE

Avec ses espaces d'observation clos et sûrs, la volière de Jurassic World abrite toutes sortes de ptérosaures volants. Du dimorphodon au ptéranodon, on s'émerveille du vol de ces gigantesques vertébrés préhistoriques qui vivaient en même temps que les dinosaures.

VOL D'ALTITUDE

Ceux qui veulent découvrir les ptéranodons et dimorphodons doivent prévoir une visite de la volière où l'on peut voir ces majestueuses créatures en vol. Aux temps préhistoriques, ces énormes vertébrés volants vivaient près de la mer, rasant l'eau et plongeant pour se nourrir de poissons et de calamars.

JURASSIC WORLD
EST. 1993
PIC DES PTÉRANODONS

UNE MERVEILLE AILÉE

Le ptéranodon, qui vivait au crétacé, est un des plus grands ptérosaures à s'être adapté au ciel. Les mâles atteignaient une envergure de plus de 7 mètres. Leur petit corps et leurs os creux rendaient ces reptiles suffisamment légers pour voler.

PTÉRANODON

Se prononce : Pté-ra-no-don

- **ÉPOQUE :** crétacé, il y a environ 88 à 82 millions d'années, aux États-Unis et en Europe, et aujourd'hui à Jurassic World
- **ENVERGURE :** 7,6 mètres de large
- **ALIMENTATION :** poissons

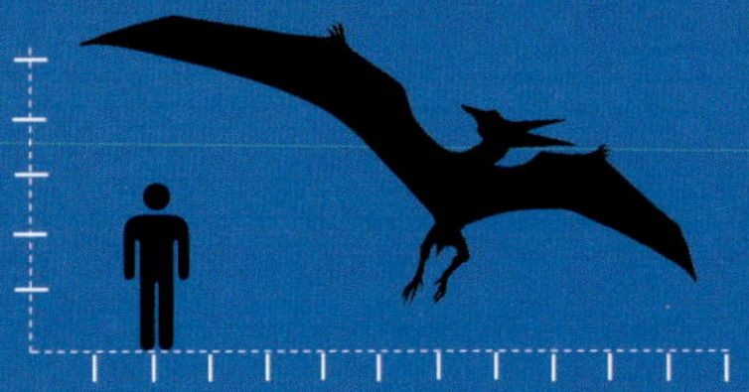

LE SAVIEZ-VOUS ?

Le premier fossile de dimorphodon a été découvert au Royaume-Uni en 1828 par Mary Anning.

LE SAVIEZ-VOUS ?

Contrairement aux ptérosaures antérieurs, le ptéranodon avait un bec sans dents, comme les oiseaux d'aujourd'hui.

Une création mortelle

Cet animal génétiquement modifié a été créé par les généticiens de Jurassic World pour être le dinosaure le plus grand et le plus meurtrier jamais vu.

PLUS GRAND, PLUS BRUYANT, PLUS DE DENTS

Créé à partir d'ADN des prédateurs les plus féroces, *Indominus rex* est la machine à tuer ultime. Ses créateurs ont inventé un terrifiant tueur, plus effrayant que tous les dinosaures de l'histoire.

LA STAR DU SHOW

Indominus rex est la dernière création de dinosaure de Jurassic World et l'une des attractions les plus attendues. Grâce à des expériences et des études minutieuses des caractéristiques et du comportement des dinosaures, les experts de Jurassic World en ont appris plus en dix ans sur la génétique des dinosaures qu'en cent ans d'extraction de fossiles.

INDOMINUS REX

Se prononce : In-do-mi-nus-rex

- **ÉPOQUE :** aujourd'hui à Jurassic World
- **TAILLE :** 14,7 mètres de long
- **ALIMENTATION :** viande
- **VITESSE :** jusqu'à 45 km/h